COAL SACK
銀河短歌叢書 7

サトゥルヌス菓子店

安井高志 歌集

歌集

サトゥルヌス菓子店

目次

I

II

Ⅲ

Ⅳ

歌集

サトゥルヌス菓子店

安井高志

I

あかいひとは逝ってしまった

終電はいってしまったかみそりはお風呂場の水のなかでねむる

朝焼けの世界へぼくは手を伸ばす（帆船はうしなわれつづける）

たったひとり夜の女王を娶るため宿す奴隷商人の心

マシュマロの蛍光灯のなかに消え失せた花嫁アンナの喪失

休日のおしまいに妹は死ぬブラウンシュガーの瓶とくれよん

八月のカルピスソーダでおぼれ死に目の血管がちぎれた少女

飛び降りた少女はわたしをおいていくその脳漿の熟れる八月

やわらかく埋葬された本たちを砂漠で見守る司書になりたい

オトナって一体なんだバーモントカレーをいっぱい食べたい夕ぐれ

トムは置き去りにされてたぼくたちの世界にそして死の約束に
うしなわれた水平線へ夜は果て桃は剝かれたソーダ水のアリア
「わたしは世界にサヨナラをつげよう塩の樹海へかえっていこう」

疑わず石鹸水に吹く息の音楽　キリエ・エレイソン　父よ

困ったら「かなしい肺魚」という名をアドレス帳からさがしてください

たんぽぽのお酒をどうぞ、われわれはアナタの星を知りにきました

手帳を捨てていかないように

バスタブに糸をたらした女の子　音楽はまだきこえてこない

冬の日のまっしろい咳もうすぐさいまラジオからさよならがくる

炭酸の泡をみていた七月にひざを抱きつつ丸まる氷

排水溝から歌が聞こえる透明なわたくしたちの氷砂糖

バスのなか泣き叫んでもダメなんだジェーンおいでよぼくらの森へ

紅色のひもをたらせば風はながれすずかけの木に沿える左手

マッチの火、またカラメルの香ばしさ汽車の車掌はいまだ帰らず

夕ぐれはいつも素敵だ何本も紅茶ポットに眠る針たち

夜の海へコインをなげるやさしげに白いシーツが僕を呼んでる

きみは雨のなか自転車泥棒をみた羊歯類の震えてる夜

錠剤の飛び散る夜は心臓のためにささげるフォンダンショコラ

紙魚の浮くカント抱えて地下鉄の向こうに青い空をみていた

海をみて両手をおおきく振る人がラムネの瓶を拾うバス停

雨の朝も流木は倦むぼくたちがなくしてしまった青い空き瓶

「くれぐれも海でビールを飲む時は手帳を捨てていかないように」

眼病

みずうみの底にはしろい馬がいた鱗のはえた子をころす妹

座敷牢あかりともせばくろぐろと娘の目をした蛇ののたうつ

みずさしの光る葉月の病床にアルコホオルのにおいただよう

通り雨すぎた山から夜がきて杉の幹抱く女の笑顔

紅殻の色にそめあげ縫う着物　娘を田んぼに埋めて待つ春

目のあかい鳥を絞めれば山々に雨をふらせる女衒の姿

さびしさは眠れぬ夜に塩売りの小屋からきえる銃の赤錆

山鹿のはらわたこぼれ湯気のたつ冬にみそめた盲の女

蕗を手に村をあるく日ふりむけば木のうろのなかわらべの骸

山にいて女のすすり泣く声と夜ごとにくびへからまるアケビ

鉛筆を尖らせる夜かかさまが服を脱ぎ捨て蛇塚をだく

雨の日に鯰をくうた爺さまがかくれてひとり泥をなめる夜

ゆうやけは里をとざした影たちがカヤツリソウを踏み分ける音

きみの目のとおざかる日々きがふれて桑の実つぶす手のやわらかさ

あとひとつ山を越えたらつばを吐け霧にめだまが溶けないように

午前二時のライナス

とおくまで透きとおる音　廃線のかなたに光る人工衛星

雪のふる駅舎にひとり誰もいない廃墟の町でひびくグレゴリオ聖歌

気がつけばパジャマのままで立っている歯車だらけの灰色の街

まっくろなスカート夕べに影は伸び　機関車はしる湖のうえ

霧の中の街燈むこうにねえさまが手を振ってるわ黒いドレスで

夕ぐれは影絵の広場　迷子らもみな影になる人形作家の

顔のない女の丘へエーテルが充満していく　淋しいひかり

「サーカスにつれていかれたあの子たちみんな林檎にされるわきっと」

自転車のかごに猫のせ誰もいない廃墟の街をはしる墓守り

人形をもやす朝焼け　かなしいの？　おかげで君は無事でいるのに

そらを飛ぶ精神病院かなしみはあすこに光っているよ姉さん

火曜日にお肉屋さんへならべられるのね　知ってる　歌がきこえた

カモメさえどこにいるのかわからない夜に囁くぼくの友達

透明なガラスのボウルあしたには魚が死んでひかる星空

はてしない水の底へとおちてみよう、こわれた機械のボクでよければ

嘘よりも軽いもの　――コラボレーション絵画＋短歌

「若冲の Heart」
画：宮本美津江

ひとつひとつ羽を毟るていねいに毟るのですよ愛するように

彼はかつて孔雀の羽に火葬場の夜を隠した　じっと視ていて

だれもいない教室の夢は椅子たちが一斉に羽化をはじめる夜

孔雀の羽をさがす夜は短い、首筋に縄かけた青痣

カンテラの中の火の丸く俯くみみを塞げ、そうだ、塞げ

水底弔歌

ごめんなさい私がいたらラジオからは雨音だけしか　聞こえない

明け方の酸素がこんなにくるしいってしってた？　とても心臓が痛い

ある夜に彼女はしろい砂糖菓子に自分がなれないことに気付いた

一冊の本になりたい図書室で光をさけて眠っていたい

（もう二度と泣かないように）（つらいですか）夜、海底に沈めるピアノ

墓場から夥しい蝶　赤い蝶　あれがキヨコを食べて飛ぶ翅

井戸ふかく鏡をおとす　おいで　わたしと一緒にねむるのずっと

小説の中で殺した恋人のページを破く　粉雪のした

欠けた月　ピアノを弾けない男あり鳥よりも水をひとり夢見る

湖の底に洋館　しろいドレスこの水葬のはてしなく眠る

たくさんの娘らが並ぶ霧の海　真珠になれない、ごめんおかあさん

こんなにもかぼそい骨に鳥たちの空は託され飛ぶの、くるしく

白い白いハチドリたちが降りつもる　海底にまるで雪みたいに

おびただしいガラスの小瓶　あの人は天使をつかまえようとしていた

夜の音にとけてきえておちていつか彼女は白い樹木になる

Ⅱ

失声症のアンドロイド

送り狼をさせてよきみだけのぼくだけの赤ずきんになってよ

鳥籠くらく錆びれば飼育された微熱、男よ夜はせぐりくる

三月のキャベツ畑に霧ふかく眠れ失声症のアンドロイド

八月にはたましいがかるくなります水彩絵の具のあおになります

オカリナ抱いて山から空へ ふみはずす作曲家の音楽理論

夕寂《ゆうさび》を羽擦り切らせ急く鳥にただ一言の手紙がかけない

彼岸花せめてくるしく裂けてゆけみのうちがわに秋を重ねて

熟れた実をついばむ鳥のくちばしが彼女を椅子に縛り付けてく

冷たい息が吐かれた朝は剃刀を水に沈める　結婚式だ

眼窩には光が来ない新月の不安はだれもいない自販機

消えた題名

みずうみのなかで明滅する青いひかり　ああ、ほらあれがアナベル

朝、御山から降りてくるうす霧に
わたしは独り
つめたいひかり

湖のさざ波うつろな水中花　泣くなお前　いま殺してやる

冷蔵庫へブロッコリーをしまう夜おやすみなさい肉切り包丁

玉ねぎをスライスするとトランプをくちいっぱいに詰め込まれるの

人形の目からはえてるにんじんを引き抜く残りすくない時間

こんばんはミス・サニーレタス食卓へあがる準備はできていますか?

まっしろな金平糖の瓶づめもう聞こえない、ピアノの音も

歌声が法律である星にたつ死刑のためのボーイソプラノ

琥珀色の海、夕暮れの駅にたち水没都市の声を聞く星

トビウオの死ぬ砂漠では駅長の目をぜったいにみてはいけない

みたされたブリキの如雨露ほしぞらに積もるひかりの雪のはなしを

みずうみの影にはびこる星々の死よ　鉄道はくらきをはしる

夜と水
コップの底は黒く
ああ　ぼくはいつしかうたをうしなう

聖体拝領

「なあんにも、できなかったよ」絶望は息のできない朝焼けの色

カーテンは飛べないさかなすがるようにオキシドールとつぶやいた朝

《お前たちせいいっぱいに声をあげるのよ死にたくなる冬空でも》

まっしろで恐ろしい朝、祈りますただとおい地下世界のマリア

ああ驟雨音をかきとるすべなくば逃げ出す俺を誰も止めるな

「こんにちはいらっしゃいませ《見るな、俺を》こちら三点あたためますか?」

ガリラヤの荒野、己を掻き抱き唾液と灼けた舌を絆う

答えてよガリレオフィガロピタゴラス息のできない明日の長さは？

男よきよらかに祈れ泥壁のなかにうずめた人形の首

不知火にとりのこされたないしょ子のしたたるように火《ほ》めく唇

がっこうには二度といきたくないけれどあのアンテナの音がうるさい

月曜はわたしをきらいな先生がうさぎ殺しの罪をあばく日

ギロチンが下りるよ黒い靴下とはさみをもった着ぐるみたちに

わたくしがなくしたひとの霧硝子ひかりに融けるふゆのやりいか

真夜中の駅舎に男　黒壇の箱には塩のぬれる夜あり

ぼくたちは忘れないだろう夕立の立ち去る音が聞こえる本を

少年の影

ぎんいろの小鰭をのどであじわえば額はすずしい夏をまってる

初夏のシトロンソーダを振り撒けば風にたなびく真っ白なシャツ

缶切りのための音楽　天気雨そそぐ湖底に腐ってく靴

泣きながらうどんをすする夜の部屋さみしいさみしいさみしいさみしい

スパゲッティーミートソースの憂鬱はゆうべとびおりた妹のもの

ラーメンを食べに行きたい明日ぼくがたべられてしまうとしても

旅人もあけびの蔓もえんぴつも　流れた　川でまるくなる砂

酸い葡萄しゃぶれば錆びた銅銭と古書店街をゆくディオニッソス

手垢のついた古雑誌から夏が来た　サイダーを飲む哲学者

留守のまま帰らないひと　知ってる？　懐中時計の沈むみずうみ

林檎なら氷砂糖と酢につけた　あの赤い汁、　皿の首

いくつかの名前を忘れる朝焼けに　海をただよう一冊の本

いちまいのアルミ硬貨が風にとび息苦しくある母の人形

少年の影はふくらむ雨の日も一円玉をけずる深夜も

白いサカナ

旅人のゆくえ　さよなら　真っ暗な水に呑まれた　無数の蟹たち
あんまりにも心細くてなきそうな星座のありかをさがしてほしい
ポケットに手をつっこんで絵のなかの夜を漂流しつづける男

真夜中のプールに傘をしきつめる白いサカナはいまも迷子

あの鳥もこおりが溶けていくようにいつかは水に変わってしまう

ほらみなよ月が透けてく、かなしみも嘘きみからの手紙は捨てた

曇り空のくらい真冬の自販機にうられる乳児のケースを見てる

だれもいない砂漠のむこう　ぼろぼろの椅子一脚をすててゆく人

皮膚のうえ這いまわる虫まよなかのブランケットに絡む体液

お祭りの夜はみじかく剃刀と暗がりのなか手を引く笑顔

年の瀬は吐く息ばかりつめたくて炭酸水におぼれ死ぬペンギン

兄はもう狂ってしまった一枚の鏡を雪に埋めた時から

ぼんやりと雪がひかったいま兄はこの世の人じゃないかもしれない

兄さんはあたしを見ないもう二度と好きなピアノも弾いてくれない

「踏切に雪が積もると踏切の向こうで黒い影が見ている」

窒息の詩学　——将棋短歌

ソッコーで穴熊になる君が好き僕も勝ちたいキミに勝ちたい

いつだってあなたの指した棒銀はいなづまみたいに透明でした

棒銀に桔梗はあわく微笑むか　《どかねえひかねえビビらねえ》刺せ

なにもかも奪い取られた戦歴をきょう大空へかえすさびしさ

「裏返れ。傷付けたくてたまらない。反発しあう磁石みたいに」

王さまは壊れたおもちゃ日曜日の絞首台まで包む太陽

また夏の炭酸水と青空に溺れた金が腐食する海

鉄塔によりそう男、彼の名はけずりとられた香車と猫も

つたえるよどんな時にも次の手をなんでアナタが泡になるかも

あとすこし人間らしくなれたなら『純文学』を交わしてくれる？

Schema をあなたが融解させていく感覚、きょうも教えてくれるの？

ひとつずつ火に焼べていく棋譜たちは夜の水面に泣いてさ迷う

永遠におちつづけてく王さま、ハチミツの底に沈めたげるね

角交換してくれないの先生がきっとわたしが悪いこだから

どうせなら真冬のあさの咳みたく銀をなくしてしまえばいいのに

金糸雀《カナリア》になった歩兵よあの歌はあなたの髪に溶けたのですね

「駒の音、あの駒がだす音がすきなのしんとして時がとまって」

涙みたくメガネの縁にこぼれてよボクの香車といとしのメリー

捕食者がどんなに棋譜をながめてもとびたつための翅は生えない

「先立つ不孝をおゆるしくださいさい桂馬はみにくい世界を捨てます」

たくさんの駒を絞めれば息ぐるしくも開いてた夏への窓辺

ぐうちょきぱあ

夕暮れは水面と石とぼくたちへ朽ちろとしきりにささやく聖歌

前髪をはさみで切る日お前らは誰もわたしを知らないくせに

青空はかぎりなくある爆弾をギフト包装する教師にも

ぼうけんのしょ

まっくろな水におぼれるゲーム機もテレビもぼくもみじめな朝は

排水溝に流されていくああかつてゆうしゃであったはずのぼく

胃の鈍い痛みのなかで夜を見るおおしんでしまうとはなさけない

ぼうけんのしょその1をけしてしまう例年三万人のひとびと

「おつかれさまでした　このまま　でんげんを　おきりくださいさい」さよならせかい

もしディス（もしもディストピアで短歌を詠んだら）

終わらない夏にうまれたぼくたちは青空という言葉を知らない

機械の塔　今日もMOTHERが「ぼく」たちの記憶をたべるさようなら「ぼく」

終わらない夏にうまれたぼくたちは星空という言葉を知らない

ぼくはいま言葉を残す　ああ空に　ひかりが　みちて　ここにいるよ　雪

明るい廃墟　――なにもかもが作り物の街幕張新都心へ

こんなにもやさしい影だぼくたちがいずれはかえる病めるシーツは

わらうなら紙飛行機をソドムまで見送るようにとばしてみてよ

歩道橋には影魚これからのかげさかなライムライトを忘れないでね

テロリストにおいていかれた吸い殻とおいていかれた液体窒素

日曜はだれも追跡してくれない忘れられてる8ミリフィルム

ああそしてピアノはくるしくないように休符を残して死んでしまった

Ⅲ

ぬるい三月

耳を塞ぐ夜のはじまり洗濯機よわたしはしずかな雨になりたい

むらさきに味蕾をひらく聖堂の今日を思へば寒きグロリア

木蓮のはなはくずれる憂いとはそのくちびるを押し付けること

火事のあかり欠けた少女はわらいあう　くり抜いた目のぬるい三月

珈琲のなかでくずれて溶けていく角砂糖　雨の日はひとりだ

折り紙をちぎる指先、なにもない部屋に響いた午後の賛美歌

穏やかな午睡に産まれみみをすます　わたしを去っていく風の音

真夜中のチェンバロ奏者　きみのため青はやさしく覆い被さる

ただひとつ窓から見える湖が彼女にとっての世界のすべて

真夜中の入江に佇む男ひとりただ真っ白な紙飛行機もつ

夜の雨にひとりあるく日　街の灯と内ポケットの金貨一枚

貝の音

だれもいない夜のバス停しんしんと少女の耳につもる貝の音

歯みがき粉のチューブをしぼる朝にいるこんなもんだよ透明ってのは

ぴかぴかの青い色したガラス球きみはひとりで海を見ている

水のなかで眠る貝たちきみたちはやがてピアノの音にとけてく

白い部屋　ショパンの曲をききながら無人の団地にひとりで眠る

プラタナスの木陰に病める　ビー玉はしろい日差しのような宝石

ガラスから零れる日射し色彩をなくした世界に彼女はひとり

雨はいつもぼくらをあいしてくれただろうマングローブの林のなかで

風の音だれかがあなたをころしても耳にすずしい朝の浜風

霧の谷はだしの少女の夕暮れは記憶、むしばまれていく記憶

キリルサリル五月人形　髪だけが私をずっと見ていてくれる

ボーイソプラノ

ある朝に電池のきれたロボットのかすれてしまったボーイソプラノ

靴下をひとつ失くしたリカ、きみをおもちゃの箱へ仕舞ってあげる

だれよりも君だけがもう僕らしいボタンの目玉をひきちぎる午後

教室に人と空気があるだけで不安になるには十分すぎる

ねえ先生、 教えてあげるもう二度とあなたのくつは見つからないよ

くだらないジョークさ僕らが群青の絵の具をなくしてしまったなんて

辞書を引こうウソをつくためサビネコとひとりぼっちの国語教師と

少年の五月はうれしい母を見てひばりを殺したはずの中庭

先生には翅がなかった銀いろの音叉はふるえる蠟燭だった

いつまでも絶えることなく友達でいよう西瓜糖工場の影

消しゴムでけされる兄さん　ああこれであなたはわたしだけの秘密だ

「紫陽花はくずれる硝子、くびをふさぎくるくる朽ちるうすらいの姉《ねえ》や」

初夏の少年ふたり死にちかくほら見てご覧あれが光さ

桃の実のにがみふくらむ暗室に閉じこめられた子どものフィルム

やわらかく焼けろ

ワイシャツのインクの染みと空き瓶と手紙を読めば夏がきていた

雨傘は忘れていった田園と南へ走る送電線を

ジンセイはお前をすてた、 海へ行く送電線のように生きてけ

それはかつてうすむらさきの唇　心は沈む雨のギボウシ

ソーダ水くちびるによせ初夏の夜明けの山にきえてくショパン

7がつにとじこめられた光線とはてしなく直ぐ拡散する鮎

おだやかに氷はとけて檸檬水の影もとけてく七月、颪よ

声の出ない熱帯魚たちかなしみはどんなときでもバナナオレから

夕暮れはおしろい花が恐ろしいがくしゅうノートのいぬが泣いてる

この箱のなかには雨が降るのだ、と祖父は語った酒蔵の夏

すり抜ける房総の風ワタツミの面影を乞い縋るハマユウ

そして風景は砕けた目に眩しいキスゲが海へ身を投げる崖で

夏空に死ぬ水兵だうすあおくアクリルボトルにとけてく嘘は

ひとくちのライムソーダにやわらかく焼かれろ君のくちびるもまた

幕張の海からはしる銀いろの自転車　ぼくは空を知りたい

つめたいひかり、しずかなひかり、

ひたすらに洞に澱んだ風は望むツァラトゥストラのやさしい夢を

喚けよ　これが宝石だ　って手のシトロン水を空へまく女

あおいろの絵具　こころのかぎりなく胎児が溶ける塩のみずうみ

ひと匙の蜜をうしなう真夜中に森の奥からきこえるアリア

まっしろな日差し　彼女は本を抱きガラテアになる夢を見ている

歌声をひろいあつめる少年のつめたいひかり、しずかなひかり、

気がくるうことはひかりを閉じ込めた氷に微笑みかけること　神さま

海辺からたちさる男かなしみはインクのしみに消える湖

黒々と砂漠の葡萄したたる日わがいのちより風はうまれよ

霧吹きのひかりはすぐに消えてしまう君の命も例外じゃない

夏よ夏よ俺は気付いた教室の黒色ピアノは燃えていたのだ

水槽に鍵を沈めよアロワナもぼくらと同じ夜をみている

夏がくるたびにあなたは虫たちを炭酸水のなかへ葬る

八月の青年膿傷を抱えれば遠くに水平線の女

灰色の湖　詩人がなんまいも手紙をすてた……ひどい人たち

透きとおる足

夏の庭ゆくえも知れず目覚めると自分が泣いていたことに気付く

かなしみの気泡のように痩せていく少年、風を露光するのだ

サイダーの瓶から音が漏れ出すと僕はすべてがたまらなくなる

手を伸ばせ午前6時の網フェンスの向こうへひとり隔たれた朝は

電車には乗れやしないよ人形にはカナル式イヤホンがないから

ケロリンの桶をさがしに、鳥籠のなかで飼われた黒猫の夜へ

白樺の霧の林にうずくまる　だれもわたしに触らないで

ハッカ水飲ましておくれお姉さん恨みが綺麗な星になるなら

ヒトカタを葬るためのみずうみへ向かう　夜汽車のかすかな響き

ある朝に溶けてしまった　妹は天使に抱かれてつめたい水に
花嫁の体がちぎれていってしまう彼女がひかりになった海岸
人形の夜は続くよもう二度と歌わぬように濡れたハンカチ

沢の水そのあおざめた影の奥にしろく真夏の女の死体は

水死体あれは乱反射をしてた夏にかききえた僕の妹

剃刀のぬらしつづけるひややかなひかりふれれば透きとおる足

誰もいない死体安置所、清潔で痛くてつめたい夜のさびしさ
真夜中のつめたい絵本いもうとのたましひはこの鳥籠のなか
海は霧　まぶたをおろす歌声にかつて詩集であった男も

水にしずんだ町

水に溶けきえてく病　バスタブのなかに漂うトルコ桔梗と

とうめいな雨傘、夜の商店街、溶けてしまったぼくの足音

君たちはつめたいみずへくらいくらい海まっしろな潜水艦

かぎりなく透きとおる水　目を閉じて　ねむりがすぐに満ちてくるから

血はぜんぶ絵の具にかわる真っ青な海に溺れる東京タワー

いたずらに水が女の髪の毛を嚙む海底の公衆電話

水底のさかなの吐いた息をみて男がいのる夜更けの青さ

海底にひかりがさして藍色にいろづくサカナオトコのうろこ

海底に沈んだ図書館たくさんの栞がわりの白い鳥たち

透明なサカナを食べる　図書館の本に寄生をはじめるサカナ

小説に閉じ込められる　本棚のなかでおやすみ、しろい魚たち

夜と星　水路を走る少女らの傍らで血を流す青馬

ひとりずつ水にとけてく人類の終わり　おやすみなさい人類

釣糸のきれいに透けていく夜につめたい水に溺れる人魚

真っ白な海老の肉体くらやみの底より微笑みつづける少女

最果ての海に沈んだオルガンをさがした戦争詩人の自転車

ぼくは夜に水にしずんだ町ばかりおもう眠りはダムに落ちてく

ウォーターフロント

ド田舎をセブンアップでかっ飛ばせ丈の短いぼくのＴシャツ

八月は通り過ぎるか切り傷は傷残すため切り開かれよ

チョコレートアイスはあまい火なのだからしたくちびるに垂らせよ今日も

ひからびた鼠の死がい硝子戸のむこうに星がみちる八月

カナブンが夕陽のなかに融けていった窓ガラスいっせいに泣く夏

まな板に胡瓜をこするひと時は塩をおもえば星くずとみろ

髪の毛が塩をふく朝焼けにただただ真っ白い兄さんのシャツ

溜池の水は腐っていた夏に倒れてしまったぼくの自転車

アキくんは朝日に溶けたひまわりをグラニュー糖でまぶしながら

かつて夜　蚊帳の褥にしんしんと微笑みつづける母の瞳孔

眼薬をおとす右手に夕顔のひかりは宿れ、そしてこぼれる

ぼくが言おうぼくの言葉は放たれた切り傷である八月の窓

蟬よ　ただ目を閉じるのだ晩夏とは、たったひとつの終わりであろう

煙突に腰掛けてみたあの空は夏の行方をしっていたのに

血液が花火のようにひらく水に　水に　おやすみなさい、ウォーターフロント

蒸発していく月

雨のふる田んぼにひとり眠る田螺どこかでさびしいうたがきこえた

朝顔はうつむくばかりほの白く蒸発していく月を見ている

イヌビエは踏みつぶされる　男の子がとんぼの翅をむしり、笑う日

水鳥の歌患いと申します音なく濡らす霧雨の夜を

風のなかにだれも立たず古書店の柳さやかにすきとおる音

灯台のカモメはぼくだ　紙とペンはまだ空を飛ぶ夢を見ている

黒い空、まっしろな海　音のない浜辺でぼくがひろげる楽譜
かぎりなく白い砂浜ひんやりとひきのばされる鉄琴の音色
「見てみなよ、ビルからくもり空に跳ぶまるで無様なガラスみたいね」

秋はひとりまぶたをとじて耳を澄ます　雨のなかに隠した音楽

絵の中を旅しているとふと月が手に届かないことを忘れる

珈琲メイカーコンプレックス

台所の蛍光灯に背を向ける失恋はゆで卵むくこと

午前二時のだれかわたしをたすけてよ珈琲メイカーコンプレックス

水底にうたは乾いてあるものか——また眠らずに朝を迎える

なにもない病室《へや》は木枯らし目にささるすべてのことばは秋のサディズム

カンテラを灯す旅籠の夜にたつ霧にこわれた懐中時計

三つ編みよ　秋はおまえをなぶるのだたたくのだぶつのだあばくのだ

だれもいない砂浜に椅子一脚を置く　本日も錫色の海

帆船は霧に溶け消え絵の中で永久にひらかれ続ける眼

いくつもの赤い掌のばされるいっせいに喉ふさぐ紅葉だ

休耕の畑に霧がたちこめる赤い赤い赤い裁ち鋏

夕暮の麦畑からいっぱいのひかりが伸びる　とどかないのに

真夜中の川にススキを沈める手いつかは僕もわたる鉄橋

戸をたたく霧

本を閉じる　ある夜の林檎のコンポート　弟よもう灯りをけそう

街灯にわたしの吊された死体、へいきよ百円のハンバーガーたち

夜の駅に踊るひとびと真っ白な服を着ている　ぼくをよんでる

谷間から立ち上る霧　しんだひとたちが夜更けに戸をたたく霧

ふかく暗い井戸水の底　櫛ひとつ、きみは恨みを持って沈める

銀いろの針金こゆびに巻き付けて　きいて　きのうは空をとんだの

空はまだあんなに遠く野茨のしろく降りかかる門をくぐる

真っ青なトンボおまえは音楽になるんだうすい翅をひろげて

真夜中につめたい水をのむ　カラスアゲハが視界を埋めつくしてく

人形の手足をもいで校庭にうめた少女のとうめいな歌

水槽のみずは夜ごとに濁ってく呼吸をやめた人形の目

窒息死させてくださいこの夜は教師がピアノと融ける水槽

霧のなかの蔵屋敷から夜想曲だれもいない、だれもいないはず

廃村の校舎でひとり聞こえないはずの女の歌をきいてる

マルボロメンソールライト8mg

とうめいな真冬の空気　潮騒のひびきにぼくはきっとなれない
冬はぼくたちだけをたべていく月、木枯らしと屠殺場の空
青春の穢れも知らず降る雪よお前は俺を殺しに来たのだ

冬の星はこんなにも息が詰まりますオレンジジュースホリックなぼくら

ひとさじのコンソメスープ夜にこそぬくもりはさあおりてきなさい

ひとのいない駅舎でそっと本をとじるもう誰もいない惑星の冬

毒瓶のねむり不思議ねお星さまがみな息絶えているんだなんて

鴻鵠の越え難きを問い、問いだけがはらわたに棲む稜線の冬

冬枯れは痺れているか重なれば水よ世界をやさしく奪え

十二月　缶コーヒーを飲むぼくは歌のつばさの羽の一枚

冬の夜にペットボトルの水をのむ　くらくてつめたい透明ってやつ

「こんばんはクリスマスイブ」「こんばんはマルボロメンソールライト8mg」

マンションの一室そらは明るくてかぼそい歌の途切れる真冬

格子戸の外では雪がなげやりに懐中時計と海を見ていた

薬指の傷はどこまで冷えるのだ午前三時のデンシンバシラ

サトゥルヌス菓子店

夕暮にであう街角ほがらかに機械の少女がうたうサアカス

聖歌隊から逃げ出した子供らをさらうよ黒いピエロのねえさん

夕闇の露天にならぶびいどろは青色の夢、少女の嘘の

子守唄はつめたく夜をぬらしつつ　どうしてぼくをたべたの姉や

オーブンは真っ赤に燃えて　とじたよ　おやすみなさい弟たち

子供たちみんなが大きなチョコレートケーキにされるサトゥルヌス菓子店

ひとが燃やされるあの焔を美しいと思う君の喉も赤いのだ

お祈りをしましょう紙のお星さまがみなベツレヘムに降り注ぐ夜は

神父さま呼吸をふさぐような手で詰ますあなたを愛しています

古書店の棚からきえた神さまの死んだ夜空をあつめた絵本

マシュマロをたべてボクたち生きているはずさ　おねがいみて天使さま

木漏れ日のなかで死んでくこどもたちお願いしますせめて楽譜を

電源を落とすときみの心臓がかけてくみたいだポップキャンディ

瓶詰めの檸檬キャンディ　ひとつ、ふたつ、足から誰かがワタシを齧る

たくさんの子供の影をのみこんだ校庭の焼却炉にも雪

銀色の街

星のないしずかな真冬、夜の底　窒息していく蝶の群れたち

生きるため奥歯ギリギリ嚙み締める睦月の空は辛味爽やか

寝台車の灯りどこか遠くへいく　どこへ?　静かな銀色の街

トンネルに息をころして住むひとの星図　真冬のひかりの行方

木曜のいき凍る夜をこじあけてをのこであるか漁火のわれ

泣くのなら、ちいさなハッカドロップになってしまえよ　透けてく冬だ

朝靄はだれよりもあまい喪失、諸君、冬窓を開け放て

冬の星空をみあげるとおくからだれかがしんだって鈴の音

雪はいま音を飲みこむ　遠い宇宙　ゲームボーイをしている僕ら

晩冬は胡椒の辛味　夕暮れもトレンチコートの中へ立ち去る

目をとじて、森へおかえり　深くねむるあなたの底に暖炉とスープ

たくさんの時計の歯車それぞれが皆生きていて、ぼくをみている

Ⅳ

鳥をはなつ少年

表面の皮いちまいでうつくしく空より剝離して降る硝子

青く澄んだ夜の海底へ錠剤もカミソリも包帯も沈んでく

林檎園未だ明けきらぬ朝靄に裸足で佇む失声症の娘

霧の谷かすかな汽笛が少年を取り残してくとじられた朝に

あおざめた砂漠のよるに自転車がたおれる　鳥をはなつ少年

ゆびきりをするとつめたい雨、しろく透き通る手首、夜を濡らす

サンダルをほうりなげたら降参だ車椅子から飛ぶ伝書鳩

川の中の石を思うとしんとした音楽が耳の中にみちていく

砂つばめ穴よりいでて一斉に真っ白なこの空へ飛び立つ

あの海は紙飛行機のむかう場所そして僕らがおちていく場所

おしえて、これは世界の果てだよって青い車とオレンジと海

劇場の楽屋裏から雪をみてうたを忘れる君のカナリヤ

万華鏡の夢

一台のピアノと眠りみる夢　彼女はいつしか夜の雨になる

公園の砂場にかがむ男の子　かあさんの手がはえる日曜

霧のなかのバロック音楽ねてはいけませんよ直ぐに海に着きます

くらい夜の交差路に立つ彼岸花にいさんの血はとても綺麗ね

永遠に夜から出られない夢をみたままピアノに眠る少年

ばば抜きをしよう貴方は道化だからご覧コップが砕けちったよ

おじさんが歌っているよ地下室のくるみ割り器と球体関節

火曜日のトムとジェリーに憧れた少年ハンスと消しとんだ耳

週明けはお腹が痛いまっしろな魚もきっと空を見ている

あまいあまいケーキを焼いてあげようきれいな海にきみがなるまで

あの夜ははだしの少女がとらわれた万華鏡の夢ですきっと

さみしげに電球売りの夜店から立ち去る蒸気バイクの男

水槽に飼われる虫たちソネットをお菓子のかわりに食べるねえさん

ろうそくの火にとけてしまう樹を抱いて微笑みながらねむる妊婦ら

死者の目に閉じ込められた図書街のなかでわたしは眠っていたい

滑走路

藍いろのめがね彼女は大空へ墜落していく夢をみている

空に浮く一脚の椅子まっしろな少女がみつめる青空の果て

肺病にことばはかすれワイシャツのかつてそよ風だった君たち

ある朝、かぼそい歌がとぎれた　少女は雨になってしまった

うす皮をゆっくりつまんで剝いてごらん君を見ている裏窓が　ほら

ゆるやかな曲線描く高架下、青空ばかりみてた父さん

かわらけのように崩れていく病　彼女は波打ち際にひとり

小説のおわり誰かが傘をさす夜行列車にころがるリンゴ

羨望は肺よりふかくポリ袋をごらんよあれがキミの翼だ

地平線とおくまで行く滑走路《両手を広げて空に身投げを》

霧の海にとびたつ飛行模型たち　ほそくてかるい木でできた羽

お嬢さん、なぜだかボクはしらないがビアガーデンは月にあるのだ

標本少女

隠されている、そこにいるのか　霧に眠る蚕ふたごの繭玉に

うっすらと発熱する樹　夜の水辺　ねむりつづけるちいさな子ども

朝焼けを走る鉄道海へ海へひろがる町の少女をさらう

すきとおる瓜をみていた食卓のガラス食器に載った兄たち

ゆうぐれの博物館で子供らがそらをとぶチョコレートもとめて

夜は水に　つめたく額をぬらすとき雪花石膏にもどる娘ら

泣きながらこんぺいとうの歌ごえを聞いてくださいナウシカ、きみは

お砂糖がベッドのうえへ降り積もるゴメン、地球にかえれないかも

とうめいな硝子の海にゆめみつつ産み落とされる電子人形

旋律は夜の夢からでられない彼女もいつかピアノにとける

みずうみに緑色の月沈黙にくるしくむつみあう少女たち

雨のなかの廃都かすれた歌声ですがりつづける標本少女

遠い目の灰色ガラスの水の底むすめはひとり歌をうしなう

霧のなかに歌がきこえる繭のなか滅びをまってるバレリーナたち

朝摘みのぶどうと共に収穫された娘たち　霧に果てたい

棄てられた惑星

ただ遠く空は彼方に地下都市の夢　卵殻《らんかく》は白く剝かれつつ

地下街の隅でうつろにうずくまる靴をなくした海老売りの女

虫たちのなく夜、じつは羊皮紙のわたしは膝をかかえて眠る

冬の日の星のまたたき　のこされた人類が植物になる夜

葬列と砂漠の廃墟さびていくその鉄骨の軋むゆうぐれ

おじさんは皮を剝がされ本になる黄色い月がかけてく夜に

藍色の砂漠と城を知っていた霧へつまどう人魚の群れも
まっくらな空から白い灰が降る砂漠わたしはいきを止めたい
灰が降る瓦礫のうえに夜がくる棄てられた惑星のみなしご

漂流をつづけるちいさな宇宙船ぼくのソーダをさがしてほしい

海をみる彼女はかつて船だったそのうたごえの向かう彼方の

青白い星のひかりに肉体がつめたくなってく木こりの男

藍色の薬液そらには蝶がみたされてみんな死んでしまうよきっと

ぼくたちの廃墟にしろい灰がふる　夜更けにしらせる火星の時間

青い月　廃墟の街をぼくはあるく人類がみな塩になるまで

そばの根の赤さ

赤く錆びた鉄の扉にニワトコの影、いもうとはねむりつづける

櫛を折る手つきひとつひとつ欠けてく夜はきみをみている

月曜の男よきみはペンをとれ少女が砂におぼれた朝も

姫小灰蝶《ひめしじみ》蒼く翳ればあやとりの糸は努めてひきちぎられよ

血液のくらさキョウコは生臭い死魚をてにもつ錆色の海

全身に鱗の生えた女その静かな沼の底の輝き

かつて泥中に沈めた女たちの白い歯　満たせよ母の群肝《むらぎも》

束の間の炎だあれは顔を焼く女の悲鳴ながい沈黙

くるしみの果てることなく井戸水は死者たちのためこんこんと湧く

そばの根の赤さを思う少年の教科書にさえ蛆熟む日差し

読書燈あおく輝く地下書庫にて蝶の死骸を毟る妹

あきれるほどの花束を

廃棄所のブラウン管の画面から、しろく、しろく、しろく薄雪

防音室の白い壁から砂浜と海が見えたらサヨナラだ。

夜の雨に彼女は溶けた花束がゆめからさめて赤く蕾を開く

ひとつずつ月をあおぐとひとつずつわたしは崩れていなくなってしまう

真夜中のプールに溺れる　睡眠はツバキがくびからおちてくように

カスピ海にあきれるほどの花束をわたしのために墜落させてよ

真夜中は電話がこない（血はきらい）ジギタリス抱いて眠る女

くちびるを触る少女におとずれた手紙の海におぼれた記憶

彼女は失恋をあじわうそして本はグランドピアノに埋葬される

聖歌隊うたう真冬の腸詰めに蛆虫のわくなまあたたかさ

青の樹海しにささやかれいざなわれ眠りにおちる少年兵ら

船たちの墓場をあるく音のない砂漠の夜に（きこえてますか）

地底湖のねむり奇形の魚たちことごとく潰れた水晶体

真鍮の釦《ボタン》をなくした弟は柱時計の扉のむこう

地下都市のねむり歌声ながれつつ培養槽に沈む子供ら

まっしろな詩集

はやくはやく東の間の海、少年のひらかれた死とまっしろな詩集

一冊の古書からあふれ真夜中に死体と踊るための音楽

獅子座流星群さがしてぼくは書くやさしい風邪のひき方入門

ある夜は水路をはしる青いひかり、修辞の終りを弔う男

百合根をゆがく夕べより嘘つきはいますぐ森の王を殺せ

フランケンシュタイン博士も夢を見るはずさりんごが増殖する夢

「ひとごみが女の影を踏む夜も始まりは藍色をしていた」

お風呂場のポンポン船へ嘘をつく小説書きの手旗信号

小説に彼女を閉じ込めた夜に男は死んだ　欠けていく月

すこしずつ透明になる小説をよむ男の子みんな死んじゃう

小説を雨に溶かそう　言葉だけたべるプランクトンのいる海

迷宮にねむれ糸玉にからめとられた小説家たち

寝台をつつむ砂漠の夜きみは鉄道のなか言葉をさがす

手紙をかいたシスターは海をみたどろどろ溶けるラテン語の辞書

羊水でみたす病室　階段をおりれば夜にこえを失う

白魚の少女の胸へふかくふかく侵入していけオレの暴言

ある夜につめたくなった少女の詩　それは密かな飲み物になる

一冊の詩集を閉じる明日とは霧の海に身を投げること

科学者のためいき

論文を燃やす学者の時計より蛹のなかに火が芽吹く夜

試験管のなかで銀樹は呼吸するかみさまのつく嘘みたいな朝

脳の破壊と科学者のためいきに白い真昼が下りる三月

白衣からおちた標本キミたちは翅を光らすためにうまれた

アスピリン打たれたねずみを水槽へ深く沈めるその真っ白な手

かぎりなく循環しつづける時間　球体世界の憂鬱

ある夜のバターナイフとぼくたちのふれあうまでの距離を求めよ

灰色の砂漠にすてた電算機ひたすら数えつづけるひつじ

灰色の海辺、迷子の少年を凝っと見つめる黒死病医師の嘴

ガス室のなかでちいさく背を丸め彼女は白い壁画になった

ソラ高く銀色はがねの線がとび天使の羽を折った科学者

水槽であなたは楽譜を飼育していますね？　ミスター　それもラヴェルの

歪曲の、水面の波の線形がわたしをいだく空《うつ》の本質

みずうみの果てをさがして霧のなかただよいつづける写実主義者

真夜中の環状線をシロナガスクジラが泳ぐ　やあ、ポストモダン

そらをとぶ帽子おまえはいきをとめ画家の婦人の腹をさくのさ

昔、ある画家は遠くにいきたいと願った　妻と野良犬と星

画家と妻はかつて世界の果てだった　くるしみばかり満ちる朝焼け

ジェイルハウスロック

青春はマッシュポテトが必要だ意味もないまま走る原付
オレを憐れむくらいならくれてやる九月が去ったこの焦土をだけだるければ煙草を吹かせ黒いサングラスの兄弟みたいなブルース

街灯の青いひかりに少年ら一斉に羽化をはじめる深夜

グラッパでとうとうオツムが壊れたか?見ろよこいつが元女房だ

ぐしゃぐしゃのひかりはすべてオレなんだ夜空くだけてもえてちぎれろ

《オレたちは何かわすれて何もかもやり残してる》自転車の問い

たくさんのダリアの花に眠ること二次性徴をむかえないまま

うみ風にただひたむきにけずられてけずられてなおそそり立つ自我

一点の、極点にして原点の星の終わりが俺の妄執

蟷螂の影がいよいよ濃くなる日お前は俺から逃げてはならぬ

ガスマスクかぶった店主の顔を見るな　ジャンク屋裏の電脳遊戯屋

ジェイルハウスロックを流す珈琲とコンドームなしの無政府主義者

バラックに強酸の雨カルガモの軍隊すべてたおれる祖国

薄暗い部屋に寝転ぶ俺の目が刹那に映すアリゾナ砂漠

ぼくたちは菜食主義者　眼球にサニーレタスが芽吹く深夜も

真夜中にベイエフエムの声かすれオレを誘拐していく世界

廃盤のレコードばかり集められた一艘の船　星のねむる海

雨戸から漏れる朝日はいますぐに燃やし尽くせよ二十歳の俺を

きりさめに憧れちぎれ霞んでも蝸牛は重くまえへ征くもの

ウィスキーは風を飲むもの馬もまた風に立ち去るものでありたい

さびしみの熱量

まっくらな夜に名前を忘れたらはだしでわたる赤い鉄橋

泣いた　ボクはトイレで猫は車でマンモスは永久凍土で

哲学書はきっとどこかで水葬を望んで学者の腕に抱かれる

灯台へ帰りたくても帰れない嘘つきたちのための貝殻

妹は嘘を生きてるそらをとぶ小さな鳥を雪と呼ぶ日も

乳液をなじませる夜、ねたみとはいたわるように撫で回すこと

目をちぢめ夜もちぢめる鋭さの転ぶときこそ煌めく　傾は

夜がくるよＴＶのチャンネルを切るオマエを食べに這ってくる夢

《なぜなんだ》スプライト飲みながらただ息苦しくて空へ跳ぶキリスト

くらい夜に廃線をまた歩こうよ酸素吸入装置はずして

内臓のくらさを知ればはちみつはクラリモンドに捧ぐソネット

さびしみの熱量ばかり機械とはこんぺいとうのようにしゃべるさ

やわらかく皮をむいたらジャムを煮ますゆうべにないた女のジャムです

かつて歌があった霧の中の海　さっていく舟にひとは眠る

灰色の燃える酒場にかえりたい月が心にささった夜は

プリマ・マテリア

試験管のなかの世界、さようならプリマ・マテリアぼくはいくよ

ただひとつ教えてくれよ wikipedia 蛇のたまごが落ちる湖

霧雨にこごえるコートかみさまは人魚のあしをたべてしまうの

目を見ろ　黒目がちな少女だったお前は夕陽が落ちてく場所だ

ある女は白くて丸い石になりたいと泣いてた　もうすぐ夜だ

かみさまは森でわたしを食べてしまういつか樹木になるのわたしは

われわれが息を止めればバッカスは雨と湖水に息を吹き込む
祈りなさいあなたは朝にいるのですよ青いさかなの透明な骨
まっしろなラムネを醫るひんやりとあの星はみな死んだ人たち

わたしたちは死んだら水にとけてしまう透けてく皮膚の青い静脈

砂浜に打ち捨てられた貝殻のほらいのちってこんなに軽い

虫ピンで言葉をとめる注射器のまえでからだをよじる蝶たち

ビスケットかじる少女の古書店に光の物質みちる小説

拒食症の娘らしろく俯けばあの雪原は心臓のおと

宇宙卵　黒衣の母に抱《いだ》かれば男の子は夜に眠れるものを

藍銅鉱をくだく男

ひとりの夜　ひとつの音をさがしつづけ雨にとけてしまう作曲家

ガラス拭きはうつくしく飛べバブルガムみたいな人生の午後二時を

まっしろな砂漠に落ちた飛行機にすがる小説家の老人

灰色の街にあなたは迷い込むそらから蛍石の降るとき

真っ青なガラスの瓶に溺れてくことを夢見る　飛べない鳥

夜にひとり藍銅鉱をくだく男ひそかな天使の訪れを待つ

だれも空を知らない時代　石英のなかで微睡む少年のくちびる

星片の鉱石ラヂオ。そんなのも君なら見つけられるだろうか

はじけとぶ真珠あなたは笑い出すまだ生きている人形の首

おくすりで真っ白になれ鼻先に口づけをする家庭教師も

ウェディングドレスの白さ胃に詰まるクスリの白さ夏と水葬

水仙は毒です　いつかわれわれも湖の歌声になります

土くれを祖ともつわたしたちに花束をささげよ永久に父さま
おしまいに空から時計がおりてくる少年の棲む巨大図書館
霧のなかの炭鉱都市に迷いこみひきのばされる老人の記憶

深夜放送

夜を行く鉄道をみるあたたかいひかりだぼくはどこにもいけない
きみのための深夜放送こわいのはわたしがみんな食べてあげるね
液状化していく都市も人々もおまえも夜にとけておしまい

ほら撃てよ　殺せないなら針金を今夜ベッドに巻きつけてやる

すこしずつ蔦に絡まれ蝕まれ夜更けの牢に眠れる男

バスの来ないくるしいばかりの明日よりもピアノの海へ　わたしはひとり

さようならお星さまたち波ばかり泡立つひかり　くるしい世界

目を病んだ娘はしろくすきとおる暗闇のなか唄ういもうと

水槽のせかい手紙の宇宙船つらいのですよ聴こえてますか

真っ白な灰の降る夜　みなしごは植物園のベンチに眠る

眼球が溶けてく夜は少女、ただ暴力のしずかな子守唄

廃ビルの地下で男はうずくまり見たこともない海を思った

まよなかに冷たい雨が誰ですかわたしの名前をたべているのは

さようならサランラップにくるまれて冷凍保存されてくマイク

すこしだけ耳をふさいで大丈夫ミルキーはママの味してるから

マチ針を刺す

あの星のすべてがすぐに凍りつくのならあなたをころしてもいい

マチ針を刺してく沢山、沢山のマチ針を刺す　きみの歌集に

まっくろな水に子どもをしずめてく白い手足をなくした少女

サイコロに埋め尽くされる部屋にいる目玉が見てる　みんな　見ている

一尾ずつ「これは手紙」といいながら彼女はさかなに針を突き刺す

泣きながら弾くピアノには世界から消毒された兄さんがいる

つめたくて深く青い海の底へチェロ弾きとチェロはしずんでいく

冬の朝に彼女がかいた遺言　あれはつめたい星のひかりだ

洋服が女をたべる夜　踊れ、おまえはひどく醜いのいま

水妖女　男ならずばたおやかに涙で君を殺めるものを

木いちごを瞳にいれて針を刺せそしたら彼はわたしの恋人

シナモンと皮の剝かれた焼きりんご《いつかあなたをころしてあげる》

ひとつぶのエレキギターを売り払い山手線へおちるイカルス

鬼灯のあおさばかりが夏らしい俺はどうして生きているのか

水滴がおちる深夜の洗面台　鏡をみるな鏡をみるな！

「なぜ」だけを知りたい俺は「なぜ」だけを切に問いたい見捨てるな、夏

まっくらな宇宙をおよぐわたしはライカ。あなたをみてる。

キミはいつ　8bit のメロディでさびしい宇宙のひかりにとけたの

バスタブにためたお水がきらきらと私の不安のようにあふれる

嘘つきは夜中に鼻と両耳をかじられるんだオレンジたちに

さみしさを吐き出す夜はつめたくて路地裏の鳥籠売りをみる

バケツには夜が落ちてる星片のすべては恨みぼくをみている

ミントタブレットを噛んでみる空のなんて死にたい冬なんでしょう

指先がかじかんでいく（ねえ、星がうたっているってきいたことある？）

空想の水辺であなたをまっている小さいときに別れた少女

捨てにいく父の名前は川底に投げた、さかなは光になった

降りつもる雪をみている　目を閉じて　ひかりは病気によくありません

那由他まで

海鳴りの風に楽譜がとばされて耳を塞ぐひとりにしないで

泣きながら差し出す右手くるしいのきれいに漂白されてく朝は

病院の廊下のにおい死に近くレモンと氷を入れた水さし

月に吠える　キミは一人で真夜中のブラウン管の墓場に立って

受話器から冷たい雨がきこえてる　写真に監禁してよ今夜も

洗剤と柔軟剤をあわせたら誰かがお前をつけまわす夜

くるしみます海辺の白い病室に欠けてすきとおる氷砂糖

悪い子のみにくい鳥ですいますぐにわたしを星にかえてかみさま

足がいたい時計がこめかみを削るいたいよ助けてテディベアたち

痛みさえいとしい桜　病室に息がちぎれてしまう今夜は

夜よりも憧れふかく憂うつより眠りはふかく　飲むのよ　水を

那由他まで我が身を砕く焔ならばすべてを抱き空へ還そう

そうして二度と

雨音に収監される囚人と飛びおり続ける自殺志願者

とびおりたおまえをだれもが忘れてく鬱血とはなびらの腸詰め

なにもかも苦しいのなら凍れ凍れシーツのなかでいもうとたちよ

ねこの母さん赤茶色そらをみてごらん子ねこもビルを飛び降りる

まっしろな手のひらあなたを撫で回すきもちわるいよやめてかあさん

菓子パンをかじる冬の夜にひとりであるく線路の上で

人形に変えられていく父さまの言葉が浸潤していく夜は

姉さん、帯止めはまだ紅いだろう？　もっともっときつく結べよ

ある夜に糸がふっつりきれてしまう　そうして二度と動けない夜

われわれは窒息しますごきげんよう死海のそばで仰ぐ星空

病院のなかからずっと出られない　みている　水でぬらした鋏を

永遠に凍える夜にいるように父さまわたしを人形にして

脳髄のはみでた女の子の死体わらってよねえ塩のみずうみ

くらやみにピアノをそっと閉じる冬　もう眠らせてきえてしまいたい

睡蓮をしずめる、しずめる　灰色のそらからちいさくこぼれる氷

とうめいな存在

夜は雨　爪までしろい人形にかわってしまうことの幸せ

霧の海とおくに沈むビル街のくずれた姿　おやすみなさい

冬の日の曇り空から田圃まで群れる白鷺　死がふってくるよ

ごめんなさいビニール傘のとうめいな存在になれなくてごめん

浴槽に花を沈める　この白い花は彼女の骨だったもの

サナトリウムの廊下をてらす白いひかりすり抜けていくぼくらも空も

ぼくを呼ぶ水辺　真冬の病院はつめたい夜に窓を開く

終電の車内に雪が降り積もる　眠りましょう　あと百年は

少年が海へ飛び込む雪の日　木造校舎にみちる合唱

真夜中にあふれるプールのみずをみる　ああ、天使さまあれが星です

雪のなかに埋もれていく古書店も白い小鳥に変わる少女も

地下室で　ささやく　だれが　窒息のピアノよ　しろい卵をたべて

聞くひとももういない。ねえ、オルゴール　あなたは星の最後をみたい？

夜更けには霧がたちこめますからね外套を着てお歩きなさい

海沿いをとおくまでゆく（雪は蝶）　汽車をみてる（雪は蝶です）

【解説】

概念との対話が放つ光芒

依田　仁美

　盟友安井高志が三十一歳で急逝して一年が経つ。驚きのようよう収まる頃、悲しみながら有志が集まって作品集を計画したのは四十九日を過ぎた頃であった。彼の詩精神の結晶は厖大であった。遺された短歌を吟味してここに一巻を編成したが、ほかに多くの詩があり、これも他日の刊行が構想されている。なお、先行して心理学の所論を文芸誌「コールサック」上にすでに発表している。安井高志はよく思考し、よく表現したのである。もとより詩編は発表の時を以て完成となるから、多くの詩心は形を遂げているけれども、胸中に生成中であった「詩的宇宙」は思いの半ばにも至っていなかろう。しかし、いや却って、しかるが故に、これは本著を通覧すれば判ることだが、図らずも全編に半開きの花の魅力が永遠の姿をとどめたのである。

　フィールドは三つあった。ほぼ二十名が顔を合わせる月例会をともなう「現代短歌舟の会」というフィールド、遠隔地の詩友との二人誌「無責任」というフィールド、いまひとつは「午前二時のライナス」というｂｏｔ（ネット上の自動発言システム）、これは一人の工房であった。トライアスロンはそれぞれに使う神経も筋肉も違う。これが彼の創作の本質的な多様化を劇的に促した。本集の章立ては大いにそれと関わっている。具体的な説明は控えるので、各章それぞれの風合いと味わいを、さまざまご感得いただければありがたい。

安井高志とはよく二人で夢をみていた。多くは「舟の会」の二次会で見ていた。その夢には、つねに彼の「来たるべき歌集」があり、その実現には楽しく関与するのだろうと漠然と思っていた。惜しまれない死はない。がここに、惜しみ尽くせない死が厳然とある。まさか、彼の、安井高志の、いわゆる遺歌集の解説の筆を執ろうとは。

『サトゥルヌス菓子店』なる集名はいかにも彼らしい。「サトゥルヌス」も「菓子」もすぐれて多様、多面、多形的であり、その両者のマッチングの先には、限りない展開が生成されるのだから。サトゥルヌスの周辺は、ローマ神話中最大の魔境であり、時の神また農耕神にして子を食う神、そのありようは多様、多面、多形を極める。他方、あまたある店舗のなかでも燦然たる猥雑を抱える菓子店ほど目くるめくものはない。このありようは、この一連にとどまらず、いや、本集のみにもとどまらず、彼の人生の主要部の基調モードでさえあった。

子供たちみんなが大きなチョコレートケーキにされるサトゥルヌス菓子店

一連は、西洋の童話のようなやわらかい不条理を丹念な筆遣いで、姉が弟を食う趣向を据えながらもしかし、ストーリーの追尾はきっちりと拒むかたちで歌い切っている。

わたくしが、目を止めるのは、この中に封じ込められた、何とも不思議な「負性」である。

ここに安井高志の詩的自我（作中主体を駆動する作歌主体の自意識）が明瞭に見てとれる。

彼は「思惟過多症」と呼びたいくらい、病的すれすれなほど知識に貪欲であった。古代の西洋の哲人のように、「概念との対話」にあけくれていた。彼の多様、多面、多形的な精神活動は、多くの多様、多面、多形的な概念ともまた親密であった。その最たる物はいうまでもなくタナトスである。彼は、さらに、タナトスの副将格の「消失」や「陰」との対話を好んだ。有形物の中では対話の相手に「水」を選んでいるが、これもタナトスの眷族と見立てていたのだろう。

これらの事象・事物が「負性」という背景のまえで生成去来しているのである。

彼は、作風においては、現代短歌に合流する気分が希薄だった。秀歌志向はない。伝統的な括りには入らない。「完成度」なるものは軽薄と考えていたのだろう。さもなければ「カオスの目」に美神をみていたのであろう。そういう意味から彼の作の多くは「傑出」している。

もうひとつインターネット作歌の宿命としての即興性重視の方向から完成度を拒否したかという考察も可能であるが。

ともあれ、そういう状況の中でじつに哀切な歌を数多く賦した。

最後に会ったのは、別れるちょうど一か月前、仲間が多く居る居酒屋だった。彼がひさびさに正面に居て「師匠！」とつぶやいた。自然に「ん？」と応じた。その後の短い凝視が今なお目頭を去らない。これが結果的に最後の交信だったが、いかにも彼らしくわたくしらしい。沈黙がもっとも多様であることは真実であり、じつにしばしば両者の意思疎通法であったから。

彼の本質的な稀有の美質に触れたい。

終電はいってしまったかみそりはお風呂場の水のなかでねむる
困ったら「かなしい肺魚」という名をアドレス帳からさがしてください
夕ぐれは影絵の広場　迷子らもみな影になる人形作家の
はてしない水の底へとおちてみよう、こわれた機械のボクでよければ
一冊の本になりたい図書室で光をさけて眠っていたい

これらには字句による解説の介入は不要だ。そのまま詩精神の彫塑、何を付加できよう。彼はストックを持とうとしなかった。フローを求めた。彼の真骨頂は積分でなく微分で求めるべきであろう。そしてこれは彼の作物（パフォーマンス、作品）の話である以前に、彼の土壌（クオリティ、本質）の話なのだ。彼は飛び去る物、移ろいゆく物の美に敏感であった。固定物には関心が薄かった。自作に求めたのは巧緻さではない。流動美、そしてその流動美の同位体の滅亡美であった。彼の作品の真の良さは吟味という手法では追究し難い。逆に、高速で感じても真価が享受可能な世界なのである。「概念との対話」が放つ「光芒」なのだから。

【解説】

海底の雪、しずかな雨

原　詩夏至

安井高志君が世を去って一年。丁度桜の季節に、突然思い立ち、当年度のアカデミー作品賞・監督賞等四部門の受賞を果たした映画『シェイプ・オブ・ウォーター』（監督ギレルモ・デル・トロ）を観に行った。政府の秘密機関で働く発話障害のある清掃員の女性・イライザとそこに捕獲され監禁されている謎の半魚人《彼》の恋（？）の物語。ラスト、逃避行の途中で追手の敵役・ストリックランドに撃たれたイライザは、水中で、《彼》の持つ奇跡の力により、声を失う原因となった首の傷を何と鰓に変えられ、二人の半魚人はめでたく結ばれる――。

前評判も高く、興味をそそられていた映画ではあったが、それにしても、本当はまだその日の仕事のある、しかも洋画を余り観ない妻を強引に口説いてまで、数駅先の劇場へ急いだのは、どういう風の吹き回しだったのだろう。或いは、お彼岸でこちらに来ていた高志君が「面白いですよ」と背中を押したのだろうか。というのは、彼の遺作の中にも、あたかもこの映画と幽明の境を越えて響き合うようなこんな歌が犇めいているからだ。

海底にひかりがさして藍色にいろづくサカナオトコのうろこ
全身に鱗の生えた女その静かな沼の底の輝き
祈りなさいあなたは朝にいるのですよ青いさかなの透明な骨
白い白いハチドリたちが降りつもる　海底にまるで雪みたいに

一・二首目、ここでの「サカナオトコ」「全身に鱗の生えた女」は、異形の者でありながら殆ど「神聖」と言っていい程の静謐さ、そして「美」を纏っている。また、三首目、これは「永遠に明けない夜」とも思えた「地上」での生から奇蹟によって救い出された二人が、浄められ、神の祝福を受ける、その「新生の朝」の光景と言ってもいい——だが、その舞台は、通常連想される「天上」ではなく「水中」であり、生まれ変わったその新たな姿も、白い翼を持つ天使ではなく「透明な骨」を持つ「青いさかな」なのだ。実際、この「聖なる異界」においては「天上」と「水中」に本質的な区別や対立はない。その証拠に、四首目、ここでは「海底」なのに「雪みたい」なものが「降りつもる」——しかもそれは、普通なら「天」へと「飛び立つ」筈の「白い白いハチドリたち」なのだ。

「空」と「海」、「鳥」と「魚」、そして「天使」と「半魚人」が渾然一体となったこの異様な「理想郷」――だが、ここへと至る旅路は、映画のイライザや《彼》同様、誰にとっても苦難の道程だ。例えば、次の歌。

みずうみの底にはしろい馬がいた鱗のはえた子をころす妹
バスタブに糸をたらした女の子　音楽はまだきこえてこない
困ったら「かなしい肺魚」という名をアドレス帳からさがしてください
夜の雨にひとりあるく日　街の灯と内ポケットの金貨一枚

一首目、一読、西東三鬼の「白馬を少女瀆れて下りにけむ」を連想させる。蓋し《彼》は「妹」が「みずうみの底」で「しろい馬」との間にもうけた、通常なら闇から闇に葬られてしまうところを奇跡的に生き延びた異形のメシアなのだ――例えばイエスが「神の子」でありながら地上の人の目には「私生児」であったように。或いは二首目。映画のイライザは《彼》と出会う前は、発話障害があるとは言っても、そのことによって何らかの「負の聖性」を帯びているわけではない――というより、そうしたものの無用な押し付けから監督デル・トロによって繊細に守り抜かれている――本当に普通の一清掃婦だった。例えば、イライザは、バスタブでの自慰が日課だった——あたかも、この歌の「女の子」が通常なら魚がかかる筈もない釣糸を日毎バスタブに虚しく垂らすように。だが、そんな彼女にも——というより、そんな彼女にこそ——ある時遂に「音楽」は鳴り、「バスタブ」は孤独な慰撫の場から《彼》との真の交歓の舞台へと開花を遂げたのだ。三首目、「肺魚」とはつまり「半魚人」だ。彼は、彼だけのイライザを求めてメッセージを発信する——私を「さがしてください」と。そうしたら貴女の「困難」と私の「かなしみ」が、ひょっとしたら、それよりもっといい何か別のものを生み出さないとも限りませんから、と。

彼はイライザに出会えただろうか。それとも、今なお、姿を変えてこの世界をどこかを彷徨い歩いているのだろうか——四首目のように、「夜の雨」に濡れつつ、幸せそうな「街の灯」の中を、一人、心に「金貨」のように輝く優しさと愛とを秘めながら。

結末は分からない。だが、それでも、心を哀しみが濡らす日、人は、窓を打つ雨の音の中に、恐らく自分より更に大きな孤独と哀しみを抱えながら、それでも——いや、それ故にこそ尚更、その痛みにそっと寄り添おうとしている何者かの気配を感じないだろうか。最後に一首。

雨はいつもぼくらをあいしてくれただろうマングローブの林のなかで
耳を塞ぐ夜のはじまり洗濯機よわたしはしずかな雨になりたい

【解説】

彼に触れれば

清水　らくは

私と彼は最初、哲学の話をしていた。

ツイッターでの出会い。千葉と熊本で、数回しか会ったことがない。この話は「現代的な創作者の出会い」として受け取られることが多い。しかしおそらく彼は、哲学者としての私に興味を持ち、話しかけてきた。

二人は、多くの創作を共に行うことになる。特に「無責任」は毎月発行で、62ヶ月続いた。時には、無理をして何とか作ることもあった。それでも、二人で休むことなく長く続けられたことは誇りである。

「無責任」では、テーマを決めて短歌か詩を創り、毎月1日にｗｅｂ上で発表してきた。私は詩、安井高志は短歌の方が多かった。決して注目されるものではないけれど、いいものを出したい、という思いは共通していたと思う。

ああ驟雨音をかきとるすべなくば逃げ出す俺を誰も止めるな

第1号から、彼の個性が発揮されていた。彼の作品には、「水」にかかわるものが頻出する。そして、命令形が決め手になることが多い。力強い単語や言い回しでありながら、寂しさがつきまとう。読む者の心を不定期に揺さぶるような、そんな作品である。

ただ、私は彼の作品をべた褒めすることができない。私は好きである。ただ、届かない人がいることもわかる。彼の作品は、その中で完結して何かを言い表すことが少ない。意味ではなく、感覚に対して呼びかけるような作風なのである。

缶切りのための音楽　天気雨そそぐ湖底に腐ってく靴

「ああ、わかる」でも「そうだったのか！」でもない。何か心に引っかかりができて、立ち止まって考えてみる。彼の歌は、そういう「心の過程」を呼び起こすものである。缶切りのための音楽も、湖底に腐っていく靴も、いったい何なのかは明かされぬままだ。その点にもやもやするという人も、その点がわからないので評価できないという人もいるだろう。そして私は、そういう人たちを説得すべきとは思わない。安井高志の歌は、人を選ぶ。

ただ、私は別のことも知っている。「無責任」などで彼の作品が公開されると、ネット上で彼の歌を気に入ってくれる人が増えていった。多くは、短歌や詩を創らない人たちであった。たまたま触れる人たちの心をつかむ、彼の作品にはそういう力がある。だから、触れる機会を増やせば、もっともっと多くの心をつかむことができるはずだと、私は確信している。

残念ながら私には、多くの人々に彼の作品を紹介するという、その力がなかった。これからも二人でよい作品を創り続けていけばいい、そんな甘えもあった。彼の作品は、もう生み出されない。今ある彼の作品が、より多くの人に知られるようにすること。それが私のすべきことである。

安井高志の歌は、いい人にとっては、いい。このように評してしまうのは、怠慢かもしれない。けれども、自信を持って、そう言っているのだ。多くの人に届ければ、必ず響く人がいる。技術やテーマにこだわる人、時代との関係性を重視する人。そういう人たちには、魅力的に見えなくても仕方がない。しかし私はこう思っている。生まれてから全く短歌に触れずにきた人が初めて出会ったとして、心を動かしうるもの。そういう力が、彼の作品にはあるのだと。

この本を手に取った人は、すでに触れている。そしてもし心に響くものがあったならば、他の人にも勧めてほしい。より多くの人に、届いてほしい。

謝辞

明け方の深山の春の風さびて心くだけと散る桜かな　　良経

心くだいてはだめでしょうと笑顔の声が聞こえる。時間とは早く過ぎ去るものだ。また山桜散り、好きだった利休梅散り、青い薔薇ノヴァーリスのつぼみも、ふくらみはじめたこの一年間、息子が話してくれていたユングの《元型論》を少しずつ読んでみたが、むしろ「ユング派」ヒルマンの魂をめぐる魅力的な論文に、私の喪の仕事は進んだような気がする。ティク・ナット・ハンのマインドフルネス呼吸法にすくわれもした。「呼吸法」はきかないよとまた声が聞こえる。亡くなってもユング好きなのだ。

この度歌集『サトゥルヌス菓子店』の出版を、大変うれしく思っている。出版にむけて大きく御尽力くださった編集委員の依田仁美氏、原詩夏至氏、水門房子氏、加部洋祐氏、詩歌誌「無責任」編集長の清水らくは氏に感謝いたします。また協力してくれた娘の麻里子と夫の誠に、そしてなによりもたくさんの作品をのこしてくれた、息子の高志に感謝したい。息子の詩精神が深まったのは、分析心理学に出会った事が大きい。息子にあたたかな御指導をしてくださった大場登教授に感謝いたします。また、コールサック社の鈴木比佐雄氏、座馬寛彦氏に感謝いたします。両氏の御尽力がなければ、出版はなかったと思います。最後になりましたが、装丁の奥川はるみ氏、挿画の宮本美津江氏や出版にむけてかかわって下さったすべての方々に、息子とともに深く感謝いたします。

安井佐代子

初夏の庭にて　二〇一八年　五月

安井高志（やすい　たかし）略歴

1985年千葉県生まれ。幼時より少年少女合唱団に入団。中学3年時、ハンガリーのコダーイ国際合唱コンクール金賞受賞、上野奏楽堂にて記念コンサートを開催、ハンガリーでボーイソプラノを失う。千葉日本大学第一高等学校卒業、日本大学薬学部入学。同大学を3年生で退学し、分析心理学を学ぶため放送大学に入学。卒業後、印刷会社に入社。詩「真夜中のトムソーヤ」「夢の消し炭」が「東京メトロの季節風文学館」の中吊りポスター掲出作品に選出。2016年、日本短歌大会・井辻朱美賞受賞。2017年4月23日、事故により他界する。

石炭袋

COAL SACK 銀河短歌叢書 7
安井高志 歌集『サトゥルヌス菓子店』

2018年6月20日初版発行
著　者　安井高志（著作権継承者　安井佐代子）
編　集　安井佐代子、依田仁美、座馬寛彦
発行者　鈴木比佐雄
発行所　株式会社 コールサック社
〒173-0004　東京都板橋区板橋 2-63-4-209
電話 03-5944-3258　FAX 03-5944-3238
suzuki@coal-sack.com　http://www.coal-sack.com
郵便振替　00180-4-741802
印刷管理　（株）コールサック社　製作部

＊装丁　奥川はるみ

落丁本・乱丁本はお取り替えいたします。
ISBN978-4-86435-340-3　C1092　￥1500E